Poupée toi-même !

texte de
Nicolas de Hirsching

illustrations de
Érika Harispé

Castor Poche
Flammarion

© 1991 Castor Poche Flammarion - Imprimé en France
ISBN : 2-08-162920-8 - ISSN : 0993-7897

– Chloé ? Tu as rangé ta chambre ?
– Oui, M'man ! Presque ! répond Choé sans lever les yeux de son livre.

Sa mère entre dans la pièce et s'écrie, horrifiée :
– Tu appelles ça, rangée ? Ce n'est pas une chambre, c'est un vrai dépotoir ! Dépêche-toi, ou nous partons à la foire sans toi.

Chloé pose son livre en soupirant.

«Du chantage, toujours du chantage ! Qu'est-ce qu'il faut supporter quand on est petit.» Elle examine sa chambre, l'air fatigué à l'avance. «Ça va être gai ! Enfin, allons-y !»

Elle commence par relever le couvre-lit qui traîne par terre et l'étend sur les couvertures toutes chiffonnées.

Puis elle ramasse ses vêtements, et forme une grosse boule qu'elle jette dans l'armoire. Vite, elle referme la porte, avant que tout ne s'écroule.

Avec le pied, elle fait glisser sous le lit les jouets et les livres qui jonchent le sol. Mais elle ne réussit pas à y fourrer sa poupée ; il y a toujours un bras ou une jambe qui dépasse. Alors, Chloé se décide à la ranger dans le coffre. Hélas, le problème reste entier : celui-ci est rempli à ras bord. Tant pis ! Elle pose la poupée sur le tas de jouets et rabat le couvercle en appuyant violemment dessus. Il se produit alors un craquement sec. Chloé sent quelque chose heurter son ventre : c'est le pied de sa poupée, brisé sous le choc.

– Oh, non ! gémit Chloé. C'est la série ! C'était ma dernière poupée intacte ! Bah ! Tant pis ! On m'en achètera bien une autre ! Ça y est, M'man ! Tu peux venir !

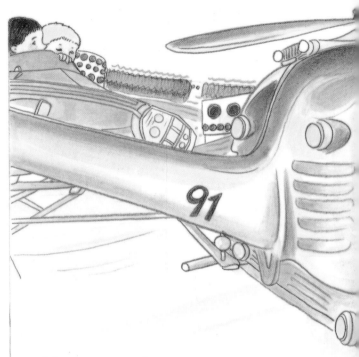

Maman apparaît
dans l'entrebâillement de la porte,
jette un regard circulaire et s'exclame :
– Déjà ? Je préfère ne pas savoir comment tu
as fait. C'est bon. Viens !

Dans le couloir, Papa tend son manteau à
Chloé en maugréant :
– Toujours à t'attendre, toi ! Ah ! là, là ! Bon,
allez, on file !

Il n'y a pas grand monde à la fête foraine. Papa affirme que c'est à cause de la retransmission du match de tennis à la télé. Luimême s'est fait prier pour venir. Chloé trouve l'ambiance un peu triste ; en revanche, cela lui permet de ne jamais faire la queue.

Après plusieurs tours d'avion, elle s'approche d'un forain qui fait tourner une grande roue en criant :

– Tentez votre chance ! Nombreux prix, dont un baladeur !

Les yeux de Chloé s'illuminent. Un baladeur ? Son rêve ! Elle pourrait écouter toute la musique qui lui plaît sans déranger personne ! Il lui faut à peine deux minutes pour convaincre ses parents de jouer le numéro 7. La roue tourne à grande vitesse, puis ralentit jusqu'à s'arrêter, désignant le numéro gagnant. C'est le... 6 !

– Zut ! A un chiffre près, je l'avais !

Le forain s'approche de Chloé, et lui tend une enveloppe verte, en souriant :

– Tiens, petite ! Tu as droit quand même à un lot. Ouvre et tu découvriras ton cadeau-mystère !

Chloé se dépêche et sort un petit carton sur lequel est inscrit le mot : POUPÉE.

– Youpee ! s'écrie Chloé. Ça tombe bien !

Le forain, lui, ne sourit plus ; il a même l'air plutôt ennuyé. Il se gratte le menton en grognant.

– Ah ! Ben, flûte ! Il ne m'en reste plus une seule.

Mais Chloé insiste en pensant à la dernière poupée qu'elle vient de casser. Elle montre du doigt une boîte colorée à demi-dissimulée dans le fond de la baraque.

– Et là ? On dirait qu'il y en a une !

Le forain saisit la boîte, l'époussette un peu, regarde fixement Chloé durant quelques secondes. Puis il hoche la tête.

– Non, petite ! Ce n'est pas une poupée pour toi.

Chloé ne se laisse pas démonter.

– Je la veux ! Vous n'avez pas le droit de la garder. Je l'ai gagnée !

– Je pense qu'effectivement ma fille y a droit ! intervient son père.

Le forain hésite encore. Il regarde Chloé, puis son père, puis à nouveau Chloé. Enfin, l'air résigné, il lui tend la boîte à contrecœur.

– Très bien ! *Le veux-tu ? La veux-tu vraiment ?*

– Oh, ça oui ! fait Chloé.

– Prends-en bien soin ! Prends-en vraiment soin, dit le forain avant de retourner à sa roue.

Mais Chloé n'a pas écouté ;
elle admire sa nouvelle poupée. Celle-ci lui
ressemble un peu avec ses longs cheveux
bruns et ses yeux noisette.

«Elle est magnifique !» se dit-elle en la
serrant dans ses bras.

De retour à la maison, Papa s'installe
devant la télé, Maman prend un livre, et
Chloé file dans sa chambre faire ses devoirs
de vacances. Auparavant, elle sort la poupée
de sa boîte. Un petit carton est accroché à son
poignet. Il porte l'inscription : AIME-MOI.
– Bien sûr que je vais t'aimer ! Tiens,
regarde-moi travailler ! Ça ne va pas être
long ! fait Chloé en la posant sur son bureau.

Elle se met à écrire le plus vite possible. Soudain, elle s'arrête ; l'encre de son stylo-plume ne coule plus ! Chloé le tapote douce-ment, puis, comme rien ne vient, elle se met à le secouer dans tous les sens. D'un coup, l'encre gicle et une grosse tache s'étale sur le bras de la poupée. Et c'est alors que Chloé n'en croit pas ses oreilles, car la poupée... se met à parler ! Oh ! Pas un long discours, juste deux mots que Chloé a du mal à comprendre ; quelque chose qui ressemble à :

— Toi-même !

– Tu parles ? demande Chloé en examinant la poupée sous toutes les coutures, à la recherche d'un mécanisme sonore.

N'ayant rien trouvé, elle repose la poupée et continue son travail.

– Maintenant, tu es presque aussi cochonne que moi ! lui lance-t-elle.

Chloé finit ses opérations en quelques minutes, après quoi, elle se plonge dans un livre. Elle espère que le match de tennis ne durera pas trop longtemps ; elle aimerait bien regarder la télé à son tour.

Plus tard, au moment de se coucher, Chloé va dire bonsoir à sa poupée.

– Bonne nuit, ma cochonnette ! A demain !

Puis elle embrasse sa poupée et se met au lit. Le sommeil arrive vite.

Le lendemain matin, Maman vient réveiller Chloé. Elle la secoue d'abord doucement, puis, tout d'un coup, comme un prunier. Chloé ouvre de grands yeux étonnés.

– Hein ? Qu'est-ce qu'il y a ? Qu'est-ce que c'est ?

– Il y a que tu deviens de plus en plus sale, ma fille. Regarde ton bras !

Chloé examine son bras orné d'une magnifique tache d'encre. Elle bafouille :

– Heu, mais j'sais pas, moi ! C'est pas ma faute !

L'explication n'a pas l'air de convaincre sa mère. Du doigt, celle-ci lui montre la salle de bains :

– En attendant, va nettoyer ça, vite !

Chloé s'exécute. Tout en se frottant avec le savon, elle réfléchit.

«J'ai dû me faire cette tache pendant mes devoirs. C'est curieux ; j'ai remarqué celle de ma poupée, mais pas la mienne !»

La journée, comme toutes les journées de vacances, passe vite. Chloé joue sans arrêt avec sa nouvelle poupée.

Le soir, elle imagine une séance de coiffure.

– Bonjour madame ! dit-elle, en prenant une grosse voix. Vous voulez une nouvelle coupe ? Plus jeune ? Plus moderne ? Nous avons ce qu'il vous faut !

Elle prend une paire de ciseaux, un tube de colle, et s'installe devant sa *cliente*.

– Tout d'abord, la frange, ça ne se fait plus !

Et ZAP ! d'un coup de ciseaux, elle coupe la frange de sa poupée.

– Et puis, les cheveux bien peignés, ce n'est plus du tout`à la mode !

Chloé arrose de colle les cheveux de la poupée. Puis, elle tire sur les mèches, en les tordant une à une, pour les faire tenir bien droites.

La poupée a vraiment une drôle d'allure ; tous ses cheveux sont dressés sur sa tête. On dirait une pelote de laine truffée d'aiguilles. Chloé éclate de rire et file se laver les mains pleines de colle.

Quand elle revient, elle ne peut s'empêcher de rire à nouveau. Elle prend sa grosse voix et s'exclame :

– Vous êtes tout à fait ravissante, chère madame ! Demain, je vous peindrai les lèvres et les ongles en vert !

C'est alors que pour la deuxième fois, la poupée se met à parler ; les deux mêmes petits mots qui intriguent Chloé :

– Toi-même !

– Encore ? s'étonne Chloé. Dis donc, tu ne serais pas un peu détraquée, toi ?

Mais plus un son ne sort de la bouche de la poupée. Chloé n'insiste pas.

L'heure de dormir arrive, Chloé va embrasser ses parents et se couche le sourire aux lèvres. De son lit, elle voit sa poupée trôner sur le pouf.

– Bonne nuit, madame Porc-Épic ! murmure-t-elle avant de s'endormir.

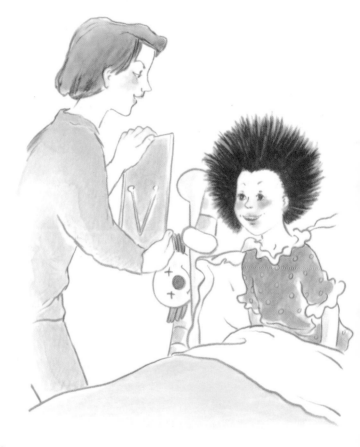

Tôt le matin, Chloé est réveillée en sursaut par les cris de sa mère. Elle met deux
minutes avant de comprendre que c'est après
elle que Maman hurle.

– Petite cochonne ! Qu'est-ce qui t'as pris ?
Tu es malade ou quoi ?

– Mais qu'est ce qu'il y a ? grogne Chloé.

Sa mère prend le miroir sur l'étagère et le
tend à sa fille.

Horreur ! Chloé reconnaît bien son petit
nez, ses yeux moqueurs et ses dents de lapin,
mais ses cheveux... ses cheveux enduits de
colle se dressent sur sa tête, raides comme
des baguettes de bois ! Chloé est stupéfaite.
En même temps elle a envie de rire en voyant
sa nouvelle tête. Elle bredouille :

– On... on dirait ma poupée !

– Quoi, ta poupée ? crie sa mère. Je préfére-rais que tu lui ressembles !

Chloé regarde sa poupée, et là, le choc est encore plus rude... car sa poupée a de nouveau une coiffure impeccable. Plus incroyable encore, la frange semble avoir repoussé. Cette fois, Chloé n'a plus envie de rire du tout. Elle reste ébahie, sans pouvoir rien dire, ni comprendre.

De toutes façons, sa mère l'entraîne déjà vers la salle de bains, la fait asseoir dans la baignoire et lui lave la tête à l'eau chaude, trop chaude ! La colle ne s'enlève pas facile-ment. Chloé n'ose pas protester. Ce n'est pas le moment !

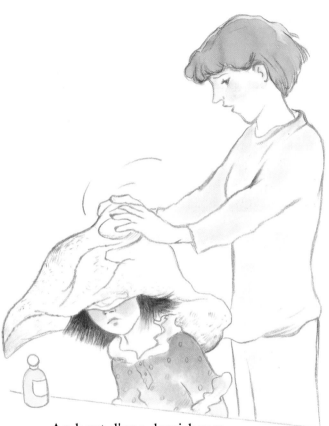

Au bout d'une demi-heure,
les cheveux sont enfin nettoyés. Maman les
essuie, un peu brutalement au goût de Chloé,
puis se met à les démêler. Elle pousse alors
un gémissement de désolation :
– Oh ! Et en plus, tu as coupé ta frange ! Mais
qu'est-ce qui t'est passé par la tête ?

Chloé aimerait bien dire que ce n'est pas elle, qu'elle n'y est pour rien. Mais sa mère est trop énervée. Et puis, comment la croirait-elle ? Chloé subit en silence les reproches de son père, venu voir ce qu'il se passait. La punition tombe : privée de télé pour trois jours !

Au bord des larmes, elle court s'enfermer dans sa chambre. Elle s'apprête à s'effondrer sur son lit, mais s'arrête en apercevant sa poupée, toujours sur le pouf, la tête tournée vers elle.

Doucement, Chloé s'approche, tend une main tremblante et lui caresse les cheveux. Pas la moindre goutte de colle dessus ! Et la frange est intacte, aussi longue qu'avant ! Chloé stoppe son geste, inquiète.

«Elle n'est pas normale cette poupée ! C'est elle qui m'a mise dans cet état, ça ne peut être qu'elle !»

Soudain, elle se rappelle la tache d'encre. Pour ça aussi, sans doute, la poupée est la coupable ! Mais comment peut-elle...? Chloé sent la colère la gagner.

– En tout cas, si c'est toi, tu n'es pas prête de recommencer ! lui lance-t-elle, furieuse.

Chloé prend dans son tiroir de la ficelle et entortille la poupée comme un saucisson. Et, par défi, elle lui colorie tous les doigts avec un feutre vert.

– Essaie donc de me refaire ça ! lui crie-t-elle en lui donnant une claque sur la tête. Essaie donc !

– Toi-même ! répond la poupée de manière toujours aussi imprévue.

Chloé serre les dents. Elle ouvre les portes de son armoire, fourre la poupée à l'intérieur et referme à clef.
– Cochonnerie de jouet, va !

La journée s'écoule lentement. Chloé ne cesse de penser à cette histoire, mais sans réussir à comprendre.

«Une poupée, ce n'est pas vivant ! Et si c'était moi qui étais somnambule ? Mais non, c'est bête ! Je n'aurais jamais pu faire repousser sa frange !»

Soudain, enfermer la poupée ne lui semble plus une bonne idée.

«Si cette nuit je veux la voir agir, il ne faut pas qu'elle en soit empêchée !»

Alors, Chloé rouvre l'armoire.

La poupée est toujours dans la même position. Chloé ôte ses liens et repousse doucement les deux battants. Puis, elle va dans la salle de bains remplir un gobelet d'eau qu'elle pose en équilibre sur les deux poignées.

«Voilà. Comme ça, si la poupée veut sortir, le gobelet tombera et le bruit me réveillera. Et de toutes façons, l'eau par terre prouvera qu'elle est bien sortie !»

Chloé est fière de son plan. Une fois dans son lit, elle essaie de résister au sommeil, histoire de prendre la poupée sur le fait, mais petit à petit, ses yeux se ferment.

Chloé dort tranquillement depuis une heure, quand elle s'éveille en sursaut : *quelqu'un* vient de lui donner un coup sur la tête ! Elle se précipite sur sa lampe de chevet et allume : personne à côté d'elle ! Elle dirige son regard vers l'armoire : les portes sont toujours fermées, le gobelet toujours en équilibre sur les poignées.

Chloé se frotte la tête, perplexe, puis instinctivement, elle examine ses ongles : tous sont colorés d'un beau vert vif...

– Oh ! Non ! Ce n'est pas possible ! s'exclame-t-elle, désespérée.

Comment a-t-elle pu...?

D'un bond, Chloé se lève, ôte le gobelet, et ouvre l'armoire ; la poupée est toujours à la même place. La seule chose de changée est que ses ongles sont redevenus roses. Chloé la tire par les cheveux en criant :

– Mais comment tu fais, sorcière !
Comment tu fais ?
– Toi-même ! répond la poupée...

Chloé réalise qu'elle commet une grave erreur. Le coup sur la tête qui l'a réveillée, c'est sûrement à cause de celui qu'elle a donné à la poupée avant de l'enfermer. Elle la repose aussitôt, sans plus savoir quoi faire. Machinalement, elle referme la porte à clef, et va se nettoyer les ongles. Elle songe avant de se rendormir :

«Il faut que je m'en débarrasse !
Il faut **absolument**
que je m'en débarrasse !»

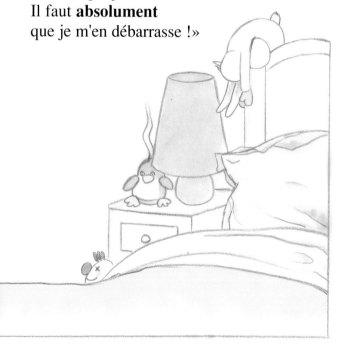

Cette fois-ci son sommeil est plus agité. Des images tourbillonnent dans sa tête : des poupées géantes s'animent, détruisent les maisons et terrifient les gens.

Un peu plus tard, Chloé est tirée brutalement de ses cauchemars. Elle sent qu'on lui secoue la tête comme si on voulait lui arracher les cheveux, puis, aussi soudainement que cela avait commencé, tout s'arrête.

«Encore heureux que je ne lui ai pas fait plus mal tout à l'heure, sinon qu'est-ce que je prenais !» soupire-t-elle.

Le reste de la nuit se passe sans autres incidents.

A son réveil, Chloé réfléchit aux événements de la veille ; les coups, les ongles verts, les cheveux tirés...

«Tout ce qui arrive à cette poupée, m'arrive à mon tour ! Même si elle n'est pas vivante, elle est sûrement ensorcelée ! Je vais la jeter à la poubelle, comme ça je serai tranquille !»

Chloé traîne la poupée à la cuisine.

– Adieu ! l'affreuse ! fait-elle en s'apprêtant à la flanquer dans la poubelle.

Brusquement, elle arrête son geste. Elle vient d'imaginer la poupée, emportée par les éboueurs, et lancée dans le camion-broyeur. En quelques secondes, elle serait réduite en miettes. Et si cela arrive à la poupée, Chloé risque de subir...

Chloé déglutit avec peine. Ses jambes deviennent molles. Jamais elle ne pourra se débarrasser de cette maudite poupée ; ce serait beaucoup trop dangereux ! Même en la cachant, quelqu'un pourrait la trouver et l'abîmer. Non ! Pas question ! La seule solution est de veiller sur elle, de bien la protéger. Et puis, surtout, retrouver le forain qui lui a donné ce jouet de malheur.

«Tu parles d'un cadeau !»

Chloé retourne dans sa chambre et couche la poupée dans sa boîte avec mille précautions, comme si elle était en cristal.

«Il faut que plus rien ne lui arrive, sinon, c'est moi qui déguste !»

C'est alors que le mot *déguster* lui donne une idée.

«Après tout, si la poupée m'a fait mal, c'est parce qu'elle m'a rendu ce que je lui avais fait. Alors, si, au contraire, je ne lui faisais que des choses agréables...?»

L'idée plaît à Chloé. Elle décide de commencer tout de suite l'expérience. Elle prend un pinceau propre dans sa boîte de peinture. Puis, délicatement, elle ôte une chaussette à la poupée, et lui chatouille la plante du pied.

– Toi-même ! s'écrie la poupée.

Chloé s'arrête un peu inquiète.

«Pour le premier essai, il vaut peut-être mieux ne pas exagérer !»

Elle remet la poupée dans sa boîte et la range en haut de l'armoire. Elle met de l'ordre sur l'étagère pour être sûre qu'aucun objet ne tombe sur elle.

De la journée, Chloé essaie de ne plus penser à la poupée. Le soir, elle se couche en se disant : «J'espère que je n'ai pas fait une bêtise !»

En plein milieu de la nuit, Chloé comprend qu'elle a eu tort de s'inquiéter. La poupée n'est pas méchante ; elle ne fait que répéter... Et Chloé n'en peut plus car elle sent qu'on lui chatouille les doigts de pied comme avec un pinceau. Elle fait des bonds dans son lit, éclate de rire, mord sa taie d'oreiller. De grosses larmes coulent sur ses joues. Elle rit si fort, que même de la chambre d'à côté, on peut l'entendre.

La lumière de la chambre s'allume. Papa entre et voit les couvertures qui s'agitent comme si sa fille se battait avec quelqu'un.
– Qu'as-tu, Clo' ? Tu as fait un cauchemar ?

Chloé tente de se calmer. Elle se mord les joues pour ne plus rire. Elle sort la tête et dit d'un air endormi :
– Oui, P'pa ! J'ai fait... Hi ! Hi ! Un horrible rêve ! Hi, hi !

Son père la serre dans ses bras.

– Allez. Ce n'est rien. Calme-toi. C'est fini maintenant !

Heureusement les chatouilles se sont arrêtées. Chloé reprend son souffle et embrasse son père.

– Ça va mieux, Papou. Je vais me rendormir !

Papa la borde, éteint la lumière et quitte la chambre. Chloé se rendort le sourire aux lèvres.

«Super, cette poupée ! Je vais bien m'amuser avec elle !»

Le lendemain, pourtant, Chloé est moins enthousiaste ; elle ne trouve pas une seule chose agréable à faire à sa poupée :

«Je ne peux quand même pas la chatouiller tous les jours !»

Elle se creuse la tête jusqu'au soir, en vain. Heureusement sa maman lui donne une idée.

– Tes cheveux sont bien sales, lui dit-elle. Demain, je te les laverai !

Chloé fait la grimace ; se laver les cheveux, elle déteste ça. Le savon dans les yeux, l'eau trop chaude ou trop froide, Maman qui tire dans tous les sens : beurk !

C'est ainsi que naît son nouveau plan.

«Et si je lavais plutôt les cheveux de ma poupée ?»

Aussitôt dit, aussitôt fait.

Chloé prend bien soin d'être très douce, d'utiliser de l'eau tiède, de ne pas mettre de savon dans les yeux de sa poupée. Elle s'applique aussi à ne pas trop approcher le sèche-cheveux pour ne pas la brûler. Vingt minutes après, la poupée a une coiffure magnifique. Chloé la couvre de baisers.

– Voilà, ma beauté ! A toi de jouer maintenant !
– Toi-même ! lui répond la poupée.

Cette nuit-là, cette nouvelle expérience
donne des résultats des plus étranges. Chloé
sent sa tête se mouiller, être massée délicatement, puis séchée grâce à un air chaud mys-
térieux. Ensuite, elle a l'impression qu'une
dizaine de personnes l'embrassent sur le nez,
sur les joues, dans le cou. Chloé se rendort en
souriant, ravie de sa trouvaille.

La plus surprise, le lendemain, c'est évidemment la maman de Chloé.

– Ça alors ! Tes cheveux sont propres ?

– Mais oui, M'man. Tu n'as pas dû bien regarder.

Chloé est soulagée d'échapper à la corvée. Sa poupée lui plaît de plus en plus. Il lui semble qu'elle ne pourra plus s'en passer maintenant. Elle va devenir sa meilleure amie. Il suffit juste de la traiter avec gentillesse.

Dans la cuisine, Papa prépare le petit déjeuner. Il lui annonce en lui tendant un bol :

– Alors, Chouchoutte, en forme aujourd'hui ? Parce qu'on a de la visite ! Tante Josie et sa fille viennent déjeuner !

–Oooh, non ! s'écrie Chloé, furieuse. Ghislaine aussi ? Je ne peux pas la supporter cette vieille face d'œuf ! Elle est casse-pieds et me donne toujours des ordres !

– Vieille ? proteste Papa avec un sourire. Elle a un an de plus que toi ! Vous devriez bien vous entendre ! Vous pourriez devenir de vraies copines ! (Il ajoute avec un clin d'œil.) Même si c'est vrai qu'elle a une tête d'œuf !

Chloé s'habille en bougonnant :
– Pffft ! Une journée qui commence mal !

Mais pour l'instant, elle a d'autres projets en vue. Sa poupée...

Le petit déjeuner lui a donné une nouvelle idée. Elle sort de sa poche un carré de chocolat et en frotte doucement les lèvres de sa poupée qui est bientôt toute barbouillée.

– Toi-même ! Toi-même ! répète la poupée.

«Oui, moi-même ! songe Chloé. Cette nuit, je vais faire un vrai festin de chocolat !»

Chloé n'oublie pas d'essuyer la bouche de sa poupée, et de la ranger avec des gestes doux en haut de l'armoire.

Il lui tarde d'être à ce soir...

53

A midi, comme prévu, tante Josie et Ghislaine arrivent. Après déjeuner, les parents envoient les filles jouer dans la chambre. Chloé obéit à contrecœur. A peine entrée, Ghislaine demande :

– Fais voir tes nouveaux jouets ! Donne-moi tes livres et des bonbons !

Et sans attendre la réponse, elle se met à fouiller dans le coffre en jetant tout ce qui ne l'intéresse pas.

– Dis donc ! Tu pourrais faire attention, espèce de bulldozer ! proteste Chloé.

– Tu as du culot de me dire ça ! Tu as vu dans quel état ils sont tes jouets ?

Chloé ne répond pas. Ce n'est pas pareil. Elle, elle a le droit d'abîmer ses jouets, mais pas cette tête d'œuf qui continue à donner des ordres.

– Va me chercher du jus d'orange !

Chloé se croise les bras.
– Je ne suis pas ta bonne !
– Mais moi, je suis ton invitée, alors vas-y !
Chloé sort en claquant la porte.

Au bout de cinq minutes, Chloé revient un verre à la main.

Horreur ! Ghislaine est en train de jouer avec sa nouvelle poupée ! Elle a fouillé toute la pièce et a fini par la trouver. Et elle ne trouve rien de mieux que de lui donner une fessée ! Chloé se rue vers elle.

– Voleuse ! Rends-moi ça ! Tu n'as pas le droit d'y toucher !

– Et pourquoi, espèce d'égoïste ? Tu caches tes beaux jouets maintenant ?

Chloé attrape la poupée et s'apprête à tirer... mais elle arrête net son geste. Si Ghislaine tirait de son côté et si la poupée se cassait... Chloé est désespérée. Alors, tant pis ! Elle renverse le jus d'orange sur la tête de sa cousine qui se met à hurler :

– T'es folle ! Maman ! Maman !

Les parents arrivent aussitôt. Sans même avoir eu le temps de se défendre, Chloé reçoit une claque et se retrouve enfermée dans sa chambre. Elle entend sa mère qui s'excuse auprès de tante Josie, tout en nettoyant Ghislaine

– Ces derniers jours, Chloé est insupportable. Je ne sais pas ce qu'elle a !

Les invitées parties, Chloé se fait de nouveau gronder. Elle est privée une semaine de télévision, et va se coucher sans dessert. Elle fusille du regard sa poupée, bien rangée sur le fauteuil.

– C'est de ta faute tout ce qui arrive ! A toi et à cette idiote de Ghislaine !

Chloé hausse les épaules. De toutes façons, ça ne sert à rien. La poupée ne peut comprendre ; elle n'est pas vivante ! Chloé commence à réaliser que, même si parfois elle est amusante, elle peut aussi être dangereuse. Il sera impossible de la surveiller tout le temps. Un accident ou un oubli peuvent arriver, et alors...

Chloé n'a plus qu'une seule idée en tête : retrouver le forain.

«Demain, j'irai le voir ! Et il a intérêt à me reprendre cette poupée impossible !»

Sur cette décision, elle s'endort d'un sommeil qui s'interrompt trop tôt. Au milieu de la nuit, elle sent tout d'abord un délicieux goût de chocolat dans sa bouche, puis, une force mystérieuse la tourne sur le ventre et lui donne une bonne fessée. Les coups font drôlement mal. Chloé serre les dents pour ne pas crier et réveiller ses parents. Elle s'imagine en train de taper cette affreuse Ghislaine, de lui tirer les cheveux, les oreilles...

Par bonheur, la *fessée-mystère* s'arrête vite et le reste de la nuit se déroule tranquillement.

Le lendemain, Maman demande à Chloé d'aller acheter le pain pour midi. Chloé accepte aussitôt, décidée à se montrer gentille et serviable.

«J'ai intérêt à me faire oublier !»

En sortant, elle jette un coup d'œil sur l'immeuble d'en face, où habite Ghislaine. Elle croit l'apercevoir à la fenêtre du quatrième. Alors, à tout hasard, elle lui tire la langue.

Chloé traîne un peu, s'arrête devant plusieurs vitrines. Si bien qu'à son retour, vingt minutes se sont écoulées.

– Eh bien ! Tu en as mis du temps ! lui dit sa mère qui ajoute avec un sourire : Ah, au fait ! Ghislaine est passée... Je te félicite.

Chloé sursaute.

– Ghislaine ? Pourquoi ?

– Elle est venue chercher ta nouvelle poupée que tu lui as prêtée pour te faire pardonner. Elle m'a expliqué qu'elle t'avait rencontrée dans la rue.

A ces mots, le sang de Chloé se glace.
– Quoi ? Ghislaine a pris ma poupée ? Oh, Noooon !

Pâle comme un bout de craie, Chloé se précipite dehors. Et deux minutes plus tard, elle sonne à la porte de sa cousine et tambourine de toutes ses forces :
– Ouvre, Ghislaine ! Voleuse ! Ouvre !

Ce n'est pas Ghislaine qui ouvre, mais sa tante.

– Qu'est-ce que c'est que tout ce vacarme ? Que veux-tu ?

Chloé la bouscule presque et se faufile vers la chambre de sa cousine.

– Sale rat d'égout ! Rends-la moi !

Ghislaine a justement la poupée dans les bras. Quand elle voit Chloé, elle serre le jouet contre elle.

– Qu'est-ce que tu fais ici ? Va-t'en !

Chloé se jette sur elle. Ghislaine l'évite comme elle peut et cherche à se débarrasser de la poupée. La fenêtre est grande ouverte. Ghislaine lance la poupée trop fort. Au lieu de retomber sur le bureau, la poupée passe par-dessus et... disparaît par la fenêtre.
– MA POUPÉE !!! hurle Chloé.

Chloé se sent faible. Son estomac se serre comme si elle allait vomir.

La poupée vient de faire une chute de quatre étages ; elle ne doit pas être belle à voir.

– Oh, non ! Noooon !

Chloé quitte l'appartement sans même répondre à sa tante qui demande des explications. Elle descend en comptant les marches une à une, pour s'empêcher de penser à ce qui l'attend cette nuit. Et quand elle sort de l'immeuble, elle cherche sur le trottoir et... ne voit rien !

Chloé ferme et ouvre les yeux plusieurs fois, examine bien à droite et à gauche : pas la moindre trace de poupée, ni même de débris de poupée ! Elle lève la tête pour s'assurer qu'elle se trouve bien sous la fenêtre de sa cousine, et... découvre la poupée suspendue dans un arbre ! Sa ceinture s'est miraculeusement accrochée à une branche. Chloé a envie de pleurer de joie. Manifestement, la poupée n'a rien. Elle se balance lentement, bercée par le vent.

Chloé réfléchit au moyen de l'atteindre. Grimper à l'arbre ? Impossible ! Les branches sont bien trop hautes. Il faudrait un long bout de bois, un manche à balai par exemple.

Tout à coup, une forme noire bondit sur le tronc : c'est Ramouche, le chat de la concierge ! Il grimpe avec souplesse et se dirige lentement vers la poupée.
– Arrête ! lui crie Choé. Va-t'en !

Un mauvais coup de patte est vite arrivé. Et Chloé n'a pas envie de se réveiller le lendemain, pleine de griffures ! Il n'y a pas un seul caillou qu'elle pourrait lancer pour effrayer le chat ! Celui-ci se rapproche dangereusement de la poupée. Ses griffes vont l'atteindre. Mais son poids fait plier la branche et soudain...

la ceinture glisse et...

la poupée tombe.

Chloé se précipite, les bras tendus et ouf ! la rattrape avec le plus de douceur possible. Elle a envie de l'embrasser.

Elle l'examine de tous les côtés et l'emporte serrée contre elle comme un bébé.

Mais au moment de franchir le seuil de son immeuble, Chloé s'arrête :

«Non ! J'avais dit que je ne devais plus la garder. C'est trop dangereux ! Il faut que je la rapporte.»

La fête foraine est à dix minutes de marche. Chloé n'a pas de mal à retrouver la baraque de la loterie. Elle se précipite vers le forain qui range des lots.

– Monsieur ! Monsieur !

L'homme arrête son travail.

– Oui ? Qu'est-ce qu'il y a petite ?

– Vous me reconnaissez, m'sieur ? J'ai gagné cette poupée, il y a quelques jours !

– Oui, c'est possible ! Et alors ?

– Je n'en veux plus ! Je veux être tranquille, j'en ai assez. Reprenez-la !

Le forain s'assoit sur le bord de son stand.

– Hum ! Tu as remarqué à quel point elle était... *particulière* ?

– Pour ça, oui, je m'en suis rendu compte ! soupire Choé.

– Eh bien, pour t'en débarrasser, c'est très simple. Il te suffit de l'offrir à quelqu'un en prononçant la formule : *Le veux-tu ? La veux-tu vraiment ?* Si la personne accepte, la poupée lui appartiendra pour le meilleur... et pour le pire ! Mais je te préviens ; moi, je ne te la reprends pas !

– Quoi ? s'écrie Chloé indignée. Mais, c'est dégoûtant ! Vous êtes obligé...!

Pendant quelques secondes, elle se sent perdue, puis une idée lui traverse l'esprit... une excellente idée. Elle quitte le forain en courant, après lui avoir lancé un bref «Merci !»

Cinq minutes après elle est à nouveau devant l'immeuble de Ghislaine.
Elle monte par les escaliers pour se donner le temps de la réflexion.

«Cette chipie fait toujours le contraire de ce que je veux.
Il va falloir jouer la comédie !»

loterie

chez

tonton

Chloé sonne. Sa cousine lui ouvre, l'air étonné.

– C'est toi, Chloé ? Mais, d'où viens-tu ? Ta mère et ma mère te cherchent partout !

Chloé renifle comme si elle avait un gros chagrin.

– Je sais ! Sniff ! Maman m'a retrouvée. Elle veut que je t'offre ma poupée, mais moi je ne veux pas !

– Quoi ? s'écrie Ghislaine. Elle a dit ça ? Alors, passe-la moi !

– Non ! pleurniche Chloé. Je ne veux pas ! Elle est trop gentille, trop rigolote ! C'est mon bébé, laisse-le moi !

Ghislaine, comme prévu, ne se laisse pas attendrir. Elle se met à crier :
– T'es obligée ! Donne-la ou ça va barder ! Je vais le dire à ta mère !

Chloé, alors, la regarde bien en face et prononce :
– *Le veux-tu ? La veux-tu vraiment ?*
– Bien sûr que je la veux ! Et vite !

Chloé se remet à sourire et lui jette la poupée dans les bras.

– Eh bien garde-la,
tête d'œuf, et... amuse-toi bien !

Chloé claque la porte et s'apprête à partir.
Mais elle se ravise. Elle colle son oreille
contre la porte.

Derrière on entend Ghislaine. Manifestement, elle doit donner une fessée à la poupée,
car elle ne cesse de gronder :
– Tiens, vilaine ! Voilà pour toi ! Et tiens,
voilà encore ! Ça t'apprendra !

Et la poupée ne cesse de répéter :
– Toi-même !
toi-même ! toi-même !...

Et Chloé rentre chez elle.
Elle a envie de rire
et de chanter.
Elle se sent légère,
légère, légère !

Aubin Imprimeur, Poitiers - 09-1991
Flammarion et Cie, éditeur (N°16679) - Dépôt légal : octobre 1991 - N° d'impression P38157
Loi n° 49-956 du 16 juillet 1949 sur les publications destinées à la jeunesse